KB166740

일기 그리는 남자의 소소한 일상

일기 그리는 남자의 소소한 일상

초판1쇄 인쇄 | 2019년 1월 20일
초판1쇄 발행 | 2019년 1월 25일

지은이 | 정승찬
펴낸이 | 김진성
펴낸곳 | 벗나래

편 집 | 김선우
디자인 | 이은하
관 리 | 정보해

출판등록 | 2012년 4월 23일 제2016-000007호
주 소 | 경기도 수원시 장안구 팔달로237번길 37, 303(영화동)
대표전화 | 02-323-4421
팩 스 | 02-323-7753
이메일 | kjs9653@hotmail.com

ⓒ 정승찬

값 13,500원
ISBN 978-89-97763-22-1 03810

* 잘못된 책은 서점에서 바꾸어 드립니다.

일기 그리는 남자의 소소한 일상

정승찬 지음

벗나래

목차

서문 10

추천사 12

지게차는 달린다 15

3류보다 3등 16

등로주의 vs 등정주의 17

공식 18

열(熱) 19

美生 20

우동 한 그릇 21

단순하게 살자! 22

공짜 23

멈추면 비로소 1 24

멈추면 비로소 2 25

작은 습관 26

인생이라는 게임 27

마라톤 1 28

마라톤 2 29

봄날 30

연습 31

게임 32

헌혈 33

조준 34

아름다움 35

번호표 36

목표 37

상상 38

쓰레기통 1 39

쓰레기통 2 40

지옥철 41

더운 여름 42

뻘짓 43

그저 그런 하루 …………… 44

출판 …………… 45

분수 …………… 46

유통기한 …………… 47

삶의 신호 1 …………… 48

삶의 신호 2 …………… 49

태산 …………… 50

이빨 …………… 51

그릇 …………… 52

달 …………… 53

한글날 …………… 54

연휴 …………… 55

독서 …………… 56

결혼 14주년 …………… 57

세월호 …………… 58

완벽한 인생 …………… 59

등산 …………… 60

수 …………… 61

영구 결번 …………… 62

아프냐? …………… 63

생존 …………… 64

축구 …………… 65

Hope …………… 66

달리기 …………… 67

천만에요 …………… 68

남과 북 …………… 69

거울아~ 거울아~ …………… 70

토요일 늦은 오후 …………… 71

동물농장 …………… 72

행복 …………… 73

사랑 …………… 74

어둠과 빛 …………… 75

Contents

아빠 76

햄버거 77

리더 78

청와 79

결혼 80

그린피스 81

사람 82

비주류 83

공권력 84

고래 꿈 새우잠 85

이 또한 지나가리라 86

고난 87

꽃 88

펜 89

진실 90

찬스 91

모자 92

질경이 93

발상 94

중복 95

삶 96

기다림 97

돈 98

영웅 99

기적 1 100

기적 2 101

이발 102

위안 103

중국 음식 104

휴가 105

꿈 106

다름과 닮음 107

텅 빈 하루 108

균형 109

비로소 국민이 주인 되는 날 110

황태 111

축구 112

헛된 욕심 113

가격표 114

세 마리 개 115

마중물 116

세월호 3주기 117

5월에는 118

자격 119

친구 120

크리스마스 121

성장판 1 122

성장판 2 123

집중 124

행복해지는 길 125

인내 126

벽 127

실패 128

삶은 저글링 129

배움 130

한계 131

추석 132

불변의 공식 133

웃음 134

추억 135

리액션 136

붕어빵 137

버저비터 138

SNS 139

Contents

암시 140

배터리 141

촌철 142

질문 143

폭탄 144

어린왕자 145

문사철 146

나? 나! 147

분리수거 148

나쁜 생각 149

참치 150

마트 151

낮은 굴뚝 152

비움과 채움 153

사랑 154

윷놀이 155

별 같은 인생 156

Where am I? 157

화살 158

휴가 마지막 날 159

나이 드는 것 160

변속 161

콘트래리언 162

백록담 163

성공의 조건 164

세일즈 화법 165

슬럼프 166

Skipper 167

릴랙스 168

입춘 169

신호 대기 170

운보 김기창 171

시 172

스승의 날 173

선물 174

열매 175

실행 176

벽 뚫기 177

배드민턴 178

언감생심 179

반성하기 좋은 날 180

적절 181

운명 182

조화 183

삼시세끼 184

만우절 185

나 186

아픈 기억 187

속보 188

무소유 189

가장 중요한 세 가지 190

꿈과 현실 191

글러브 192

터닝포인트 193

원고 투고 194

화와 복 195

닮아도 196

복기 197

당면한 문제 198

Content

그림일기로 소통하는 세상을 꿈꾸며

소소(小小)하거나 소소(soso)하지만, 소소(笑笑)한 한 편의 쇼(show)처럼 하루를 살 수는 없을까?

때로는 눈 깜짝할 사이에 저물고, 때로는 따분하게 지루한 하루하루를 의미 있게 붙잡아 두고 싶었다. 한 장의 그림으로… 늘 같은 일상이지만 늘 같지만은 않은 하루로 남기고 싶었다.

우연한 기회에 일기를 그리기로 마음먹었을 때 친구들과 '요남자'라는 식당에서 점심을 먹었다. 요리하는 남자라… 부러웠다. 그래서 난 일기를 그리는 남자, '일그남'이 되기로 했다. 되도록이면 그림만으로, 그것이 조금 부족하면 최소한의 글자만을 더해 하루하루를 쌓아 놓기 시작한 지 5년. 삶의 목표 중 하나인 죽기 전에 책 한 권 출간하기를 앞당겨서 이루고 싶어졌다.

15년 6개월의 직업군인 생활을 참아 왔지만 길고 진지한 것을 못 참는 편이다. 그래서 진지하지 않게, 짧게 쓰고 싶었다.

쉽게 읽혔으면 좋겠다. 읽는 동안 독자의 얼굴에 잔잔한 미소가 번졌으면 좋겠다. 앉은 자리에서 책 한 권 읽었다는 포만감을 주면 좋겠다.

먼지가 앉더라도 중고서점이 아닌 독자의 서재에 자리했으면, 그래서 문득 기지개를 켜다가 다시 한 번 뽑아서 책장을 넘겨 주면 좋겠다. 그리고 잠시 생각에 잠길 수 있다면 더는 바랄 것이 없다.

처음 생각에는 이만하면 멋진 작품인 것 같았다. 투고 후 얼마 지나지 않아서 섣부른 오만함을 반성했다. 손을 내밀어 주신 김진성 벗나래출판사 대표님과 추가적으로 발생한 출간 비용을 즐거이 마련해 준 친구들 이철우, 김중화, 임용일, 어성룡, 최용기, 김재범과 사촌 형 김성동 약사, 통찰력이 빛나는 말씀으로 생각할 거리를 주시는 황선찬 선배님 그리고 응원을 아끼지 않으며 때때로 냉엄한 비평가 역할을 해 준 아내 미영과 아들 유현에게도 말로 다하지 못한 고마움을 전한다.

마지막으로 그 누구보다도 지금 이 '듣보잡 일그남'의 책을 읽어 주시려 귀중한 시간을 할애해 주신 독자 여러분께 진심으로 감사드린다.

최근에는 테블릿에 만평 위주로 그림을 그리고 있다. 일기를 쓰기로 결심하고 나면, 만평을 그리기로 마음먹고 나면 보이지 않던 것들이 보인다. 의미 없던 일들에 의미가 생기고, 당연하던 것들이 대단하고 고마워진다.

쳇바퀴 돌 듯 숨가쁘게 돌아가는 삶에 잠시 쉼표가 되었다면 부끄러운 마음이 조금 덜할 것 같다.

일기 그리는 남자
정승찬 올림

누구라도 공감할 만한
일상 속의 그림일기

공기처럼 지나가는 시간 속에서 얼마나 많은 찰나의 순간들이 분실되는지 우리는 알지도 못한 채 지나가 버린다. 그도 그럴 것이 쏟아지는 정보들을 처리해야 하는 환경 속에서 독불장군 자연인처럼 유유자적 살 수만은 없기에, 다양한 정보를 얻는 대신 그 대가로 금쪽같은 나의 시간을 지불하며 살아간다. 그러나 그렇게 얻어진 정보를 처리하는 동안 소외된 나와 나의 시간은 소소한 행복을 발견하지도 못한 채 의미 없이 흘러가 버리고, 정보와 데이터만 가득한 기계화된 하루로 마감되기 일쑤다.

어느 날 '일그남'이라는 이름으로 SNS에 한 점씩 올려지는 그림을 우연히 보았다. 그의 그림은 가볍기도 하고 유쾌하기도 했으며, 어떤 날은 어둡다 못해 무겁기까지 했다. 애써 좋아 보이려는 흔적도 없이 그저 소박하고 담백하게 그려진 한 편의 그림일기 속에서 나의 하루를 보았고, 우리의 일상을 보았다. 가공된 음식들만 가득한 식탁 위에 담백하게 무쳐진 나물 반찬처럼 정겹고 건강한 기록들이었다.

저자는 자신에게 주어진 모든 시간을 쉽게 흘려보내지 않으려는 듯 매일을 사색했고, 유쾌하게 담아냈다. 마치 잃어버린 시간을 회복하라고, 지나치는 행복을 발견하라고 덤덤하게 말하는 것 같았다.

만약, 당신이 '지금'에 조급해하고 있다면 '일그남'의 시간들을 한 장 한 장 넘겨보며 산책하듯 걸어보면 어떨까. 시간을 분실한 이 시대의 사람들에게 이 책을 추천한다.

드로잉프렌즈 대표

장진천

지게차는 달린다

지게차는 달린다. 천천히… 깜빡깜빡….
먼저 가라며 가파른 도로를 천천히 오른다.

지게차는 안다. 자기가 다른 차보다 느리다는 것을.
그래서 오른쪽 차로로 붙어서
뒤에 오는 차들에게 미안한 마음을 끔뻑이며 천천히 달린다.
멋지고 빠른 차는 물론이고 작고 오래된 차도 무시하듯 앞질러 간다.
때론 신경질적으로….

하지만 목적지에 가면 지게차는 그만이 할 수 있는 일을 할 것이다.
커다란 버스도, 멋진 세단도 감히 할 수 없는 그 일을 말이다.
조금 늦어도, 조금 느려도 괜찮다.
나만이 할 수 있는 일을 찾아 꾸준히 달리고 있다면.

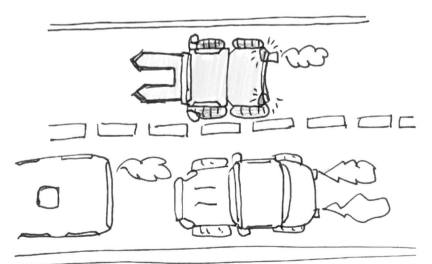

3류보다 3등

김태원
1965. 4. 12. 서울 출신
부활의 기타리스트

" 3류보라
3등이 낫다! "

- 김 태 원 -

삼류의 정의를 명확하게 한 男子…

나는   어떤 모습으로   살고 있는가?

박영석
1963. 11. 2.
~2011···

산악인

인류 최초
그랜드슬램
달성

지구3극점,
히말라야
14좌,
7대륙
최고봉···

"그의 눈에서 도전을 본다."

등로주의 vs 등정주의

남들이 가지 않은 길을 개척하며 갈 것이냐
어떤 길을 가든 정상에 오르기만 하면 만족할 것이냐···.

"부를 얻고 싶다면 새로운 길을 선택하십시오.
다른 사람이 이미 개척해 놓은 길을 노리면서
어슬렁거려서는 절대 안 됩니다. 남과 달라야만
더 큰 부를 얻을 수 있습니다···."

– 록펠러

공식

공식… 삶에 유용하지만
때가 지나면 쉽게 잊히는…
하지만 머리가 아닌 몸으로,
가슴으로 새기고 가야 할 공식….

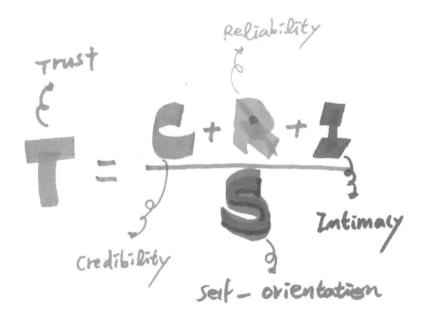

열(熱)

내게 부족하고 꼭 필요한 熱!
熱로 시작하는 단어 열 개….

完?
美?

美生 유현 日,
"아빠, '미생'의 '미' 자가 '아닐 미(未)'잖아.
그런데 '아름다울 미(美)'로 바꾸면
아름다운 인생이겠네?"
그렇구나. 未生에서 完生으로…
그리고 美生으로…. ^^

우동 한 그릇

16년간의 외교관 생활을 접고 우동집 사장이 된 신상옥 氏.
안정을 버리고 열정을 찾은 사람.
공직은 '흑백', 지금은 총천연 '컬러'.
나를 다시 보자.

단순하게 살자!

단순함은 코끼리도 냉장고에 집어넣을 수 있게 한다.

단순함은 복잡함이 진화한 모습이다.

단순하게! 담백하게! 오늘부터 Simplist!

그게로 양육형 대형...ㅋ

한밤중에~ 목이 말라~ 냉장고는 여신이 왔어~

공짜

세상엔 수많은 '공' 자들…
하지만 '공짜'는 없다.

멈추면 비로소 1

멈추면 비로소…
넘어진다.
때론 천천히…
하지만 멈추지 말고…
반드시 웃을 것!

멈추면 비로소 2

사자도 굶어 죽는다!
멈추면 비로소…
굶어 죽는다….

작은 습관

걷자! 유쾌하게, 경쾌하게.

걷고 만나다 보면 일이 생기고

일이 생기면 성과가 생기고

성과가 생기면 관계가 풍성해지고

관계가 풍성해지면 걷는 것이 즐거워지고…

가벼운 발걸음의 선순환!

내가 건강하게 살아갈 수 있는, 성장할 수 있는 작은 습관.

난...
엄마 외투 주머니에서
오락실 비용을 몰래
꺼내어 썼다. ㅠㅠ

인생이라는 게임

Insert the coin!
게임을 하려면 밑천이 필요하다.
착한 돈이면 더 좋다. 아니 착한 돈이어야 한다.
그래야 오락 실력을 초조함 없이 쌓아 갈 수도 있고
재미있는 게임을 오래오래 친구들과 함께할 수 있다.

마라톤 1

꾸준히 달리자… 일정한 속도로.
때론 발끝만 바라보고
때론 저 멀리 결승점을 바라보며…
호흡을 놓치면 안 된다.
쉬면 안 된다.
숨이 턱까지 차오르고
허벅지와 종아리가 저려 와도 멈추지 마라.
천천히, 끝까지 달려라!
저~기 보이는 행복한 결승점을 꿈꾸며….

모자가 뭐 이래? ㅋ

마라톤 2

심장박동과 다리의 근력이 밸런스를 이뤄야 한다.

조금씩, 조금씩 한계를 넘어 보자.

저기 보이는 목표를 향해…

조금씩 자라는 목표.

달리기를 돕는 나의 친구들

내 일을 돕는 조력자들

내 인생을 돕는 모든 사람들

그리고 하나님께…

감사!

봄날

시…시…한 놈이라도 하나 걸려라!
춘흥에 겨워 접었던 낚싯대 둘러메고 사뿐사뿐…
言漁가 득실거리는 저수지로 향한다.
時…時…한 놈이라도 하나 건지고 싶은
봄날에….

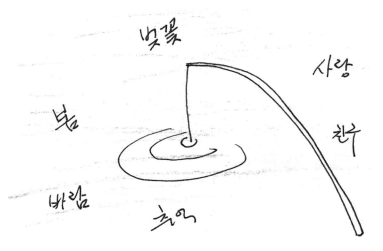

3,870m 로키산맥을
오르고
10km 마라톤을 완주한
세진이 다리

연습

"아무도 완벽하게 태어나는 사람은 없어요.
결점을 안고 태어나지만
중요한 것은 극복하려고 노력하는 것이죠."

-김세진

메트를 깔고 잘 넘어지는 연습, 다시 일어서는 연습을 하자!

게임

人生이라는 게임기의 컨트롤러는 내가 쥐고 있다.

게임의 결과는 전적으로 나의 역량과 약간의 運에 달려 있다.

지난 게임의 결과에 연연하지 말고

새로운 게임을 준비해야 한다.

깰 수 없을 것 같은 Level 8, 곧 깨리라! ^^

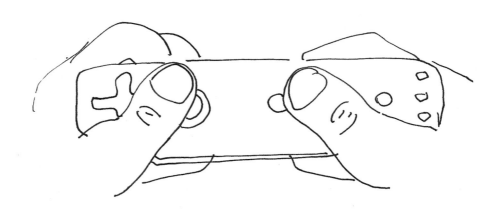

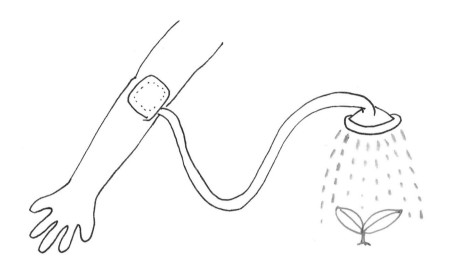

헌혈

내 피가 생명에 내리는 단비가 될 수 있다면
술을 참고 운동을 쉬더라도 해야지.
혈장 2회차, 헌혈 총 15회차를 마치고
생색 한번 크게 낸다.
내가 가진 것을 나누고 사는 한평생이 되도록.

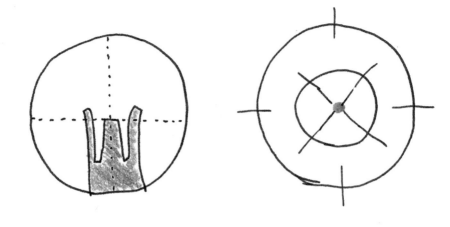

조준

조준선 정렬과 정조준.
참 오랜만에 접하는
방향과 비전, 목표와 행동.
조준선 정렬이 선행되지 않으면
정조준이 의미가 없듯이….
하지만… 순서는 잊지 말되
타깃을 놓치지도 말자!
일에서… 내 소중한 삶에서….

아름다움

평범한 사물들이 모여서 멋진 조화를 이룬다.

이 조화로움이 사람들에게 즐거움을 준다.

섬으로 떠난 호핑 투어.

한나절 여정에서 만난 무명의 트리오.

뛰어난 가창력과 연주, 다양한 레퍼토리.

가장 좋았던 것은 그들이 진정 연주와 노래를 즐기고 있다는 것.

내가 하는 일에 내가 즐거워야 아름답다.

번호표

하루에 다섯 명씩… 한 달에 백 명!
고객들이 번호표를 뽑고 기다리는
그날까지… ^^
그런 일은 없을 것 같아?

목표

어느 곳을 향해 배를 저어야 할지 모르는 사람에게는
어떠한 바람도 순풍이 아니다.

- 미셸 몽테뉴

목표는 명확하게, 과정은 충실하게!

想像 : 코끼리를 한 번도 본 적이 없는 중국 사람들이 인도에서 온 코끼리 뼈만 가지고
코끼리의 형상을 머릿속으로 그렸다는 데서 유래함.

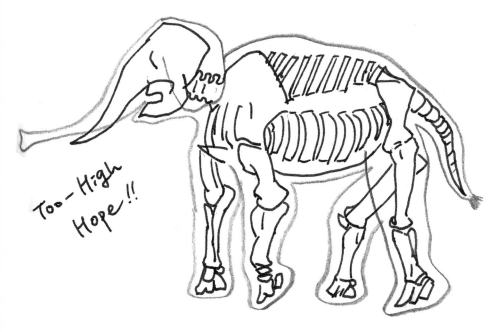

"Power of Imagination is more than just a Metaphor."
- Science Daily

상상

쉼 없이 想像하자!
유쾌한 상상, 긍정의 상상이 나를 바꾸고
내 가족, 친구, 선후배를 바꾸고, 세상을 바꾸리라!

쓰레기통 1

버리지 말아야 할 기억, 아픔…

버려야 할 것들…

교만, 낙심(절망), 무관심, 잘못된 열심…

또…

다 버렸니?

쓰레기통 2

여름철…
음식물 쓰레기통을 잠깐만 열어도
썩은 냄새가 진동한다.
내가 먹고 버린 것들이 이렇게도 역할까.
하물며 음식 썩은 내가 이럴진데
내 몸뚱아리 썩으면 얼마나 역할까.
사는 동안이라도 향기롭게
눈감는 그날까지 향기롭게 살자.

지옥철

비 내리는 월요일 아침
출근길은 전. 쟁. 터.
첫 판부터 만만찮은 상대들···

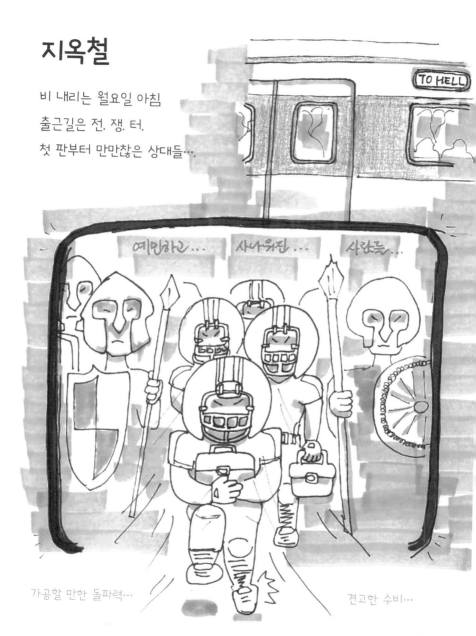

더운 여름

산 입에 거미줄 치랴!

뜬금없이 떠오른 스파이더맨 + 수박 크러시.

무더운 금요일 오후의 작은 행복. ^^

뻘짓으로
허우적거리다
저문 하루...

뻘짓

* 갯벌 : 밀물 때는 물에 잠기고 썰물 때는 물 밖으로
드러나는 모래 점토질의 평평한 땅 ÷ 개펄

그저 그런 하루

자~알 돌아간다. 나만 빼고.
그래서 돌아 버리겠다 @@
그렇고 그런 하루.

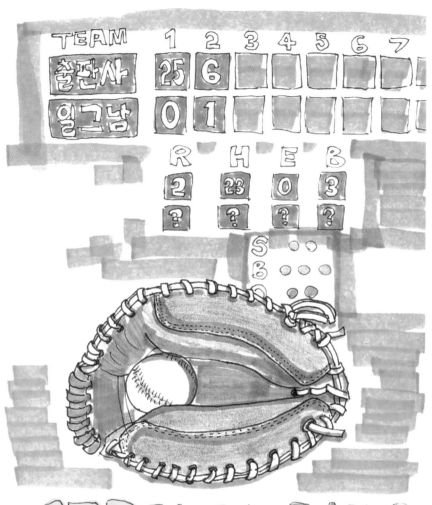

출판

2주 만에 날아든 긍정의 답장.
정신없이 두드려 맞은 날들.
STRIKE? BALL?

분수

인간은 분수와 같다.
분자는 자신의 실제이며
분모는 자신에 대한 평가다.

인간 = 실제 / 평가

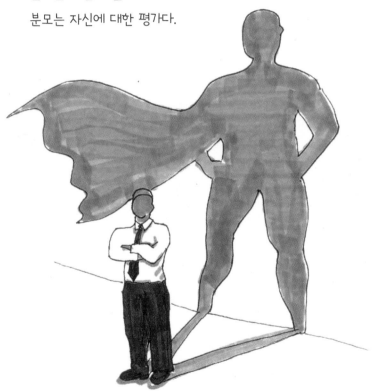

"분모가 클수록 분수는 작아진다."

– 레프 톨스토이

유통기한

긍정의 유통기한이
다했나?

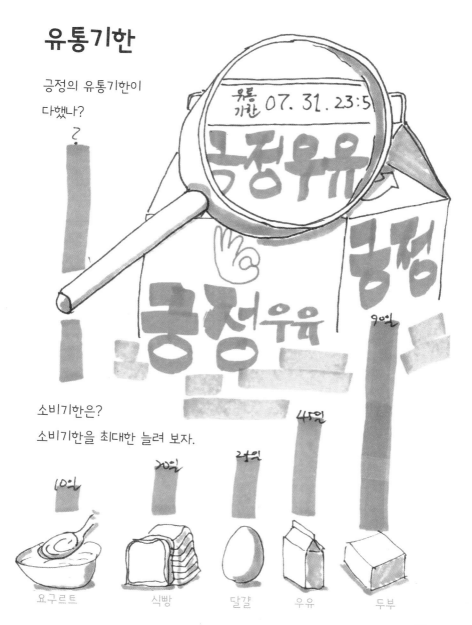

유통
기한 07. 31. 23:5

긍정우유

긍정

긍정우유

소비기한은?

소비기한을 최대한 늘려 보자.

요구르트

식빵

달걀

우유

두부

삶의 신호 1

주의

규제

지시

놓치지 말고, 무시하지 말고…

선택의
연속이고…

오르막이
있으면…

때론
돌아서…

너무
앞지르려
하지 말고…

험난한
길도
많았지만…

내리막도
있으니…

삶의 신호 2

삶의 길에서 갑자기 마주치는 신호들…
욕심대로, 계획대로 되지 않는 것이 인생.
내게 허락된 삶의 과정을
알 수 없는 것이 당연한데
무시하고 싶고 고집하는 것은
미련과 욕심.
주신 신호 앞에서
결국 내가 가야 할 곳으로 인도하시는
지켜야 할 것임을 믿고 따르는 긍정적 순종.

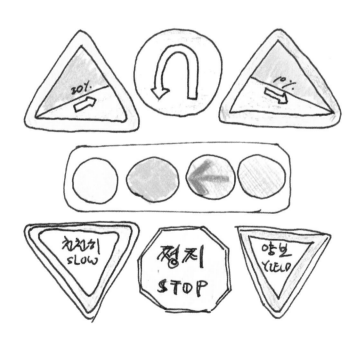

태산

泰山을 만들려거든 한 줌의 흙도 버리지 마라!

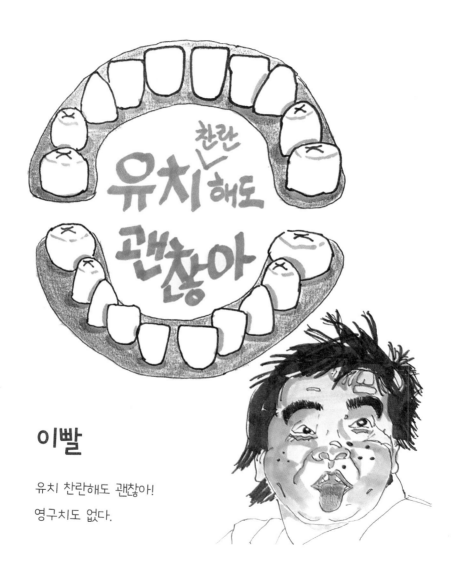

이빨

유치 찬란해도 괜찮아!
영구치도 없다.

그릇

그릇 될 생각… 어떤 그릇?

그릇된 생각은 안 돼. ㅋㅋ

다양하고… 개성 있는…

최소한 밑바닥은 깨끗한 그릇이고 싶다.

달

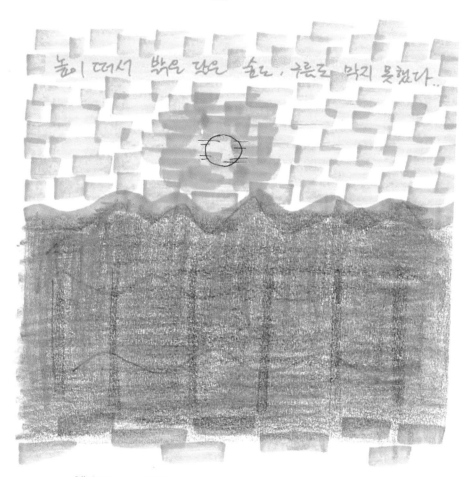

웬만해선 그 달빛을 막을 수 없었다.

한글날

우연히 발견한, 만 원짜리 지폐 같았던 하루….

2013년부터 공휴일 재지정…
그런데 처음인 것 같은 느낌!

연휴 열흘 간의 연휴가 달달했다···
식빵! 끝났다···

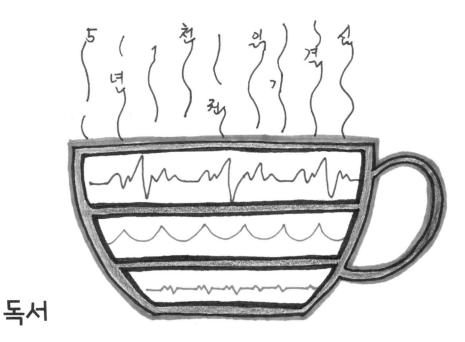

독서

『1천권 독서법』의
저자 전안나.

죽을 것 같아서
읽기 시작…
했다고…

살아온 날들을
중간 정리하고…

살아갈 날들을
준비하며 읽기
시작한다.

결혼 14주년

결혼 14주년 기념일…

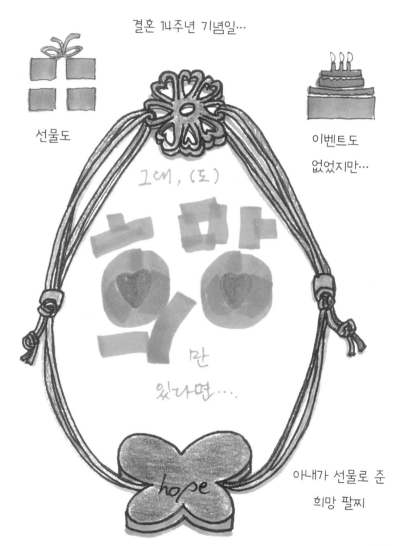

선물도

이벤트도
없었지만…

그대, (도)

희망

만

있다면….

hope

아내가 선물로 준
희망 팔찌

세월호

무능하고 부패한 대한민국에 조의를 표한다.
무책임하고 무관심하며, 이기적인 나의 과거에도…
너무 많은 것을 잃었지만
헛되지 않도록
나 또한 변해야 한다.
부끄럽지 않은 아빠, 당당한 어른으로….

완벽한 인생

인생의 완벽한 순간에는
두 가지가 있어야 한다. 책과 맥주!

— 김영하

전용 잔... 전용 펜... 그리고 전용 夢....

등산

고개를 오르다가 문득 돌아보니
이번이 처음이 아니다.
반복이 두려워 포기할지
다시 발걸음을 옮길지
결정은…
그 끝을 어떻게 그리고 있느냐….
그래서 또 걷는다.
한 걸음… 한 걸음…
이제 마지막 고비.

수

말을 두어야 할 때 두지 못하고
몇 수 뒤에 두게 된다면 무슨 소용이 있을까?
적절한 수를 두지 못하는 사람…
결국 하수의 범주를 벗어날 수 없는….
때를 놓친 말을 뱉은 입은 하수의 입…
하수구?
하수로 살지 마라.
하수구처럼 살지 마라.

내가 사모하는 숫자

영구 결번

영구 결번(retired number)

어떤 식으로 삶을 마감해야 할까?

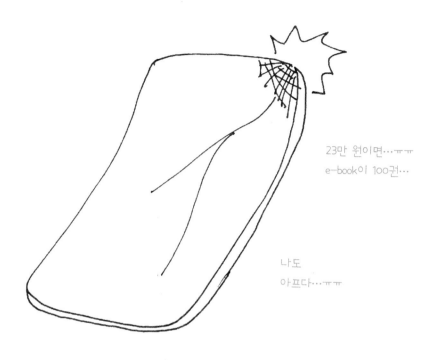

23만 원이면…ㅠㅠ
e-book이 100권…

나도
아프다…ㅠㅠ

아프냐?

아픔… 속쓰림… 후회… 미련… 짜증… 안타까움…
두번째… 不運을 끝낼 최후의 액땜(?).
내 삶엔 또 얼마나 많은 금이 가 있나…
소중한 인생… 다시는 떨어뜨리지 말기를…

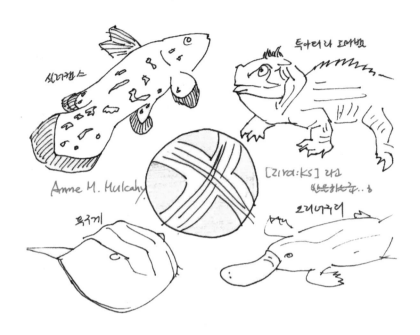

씰리캔스

Anne M. Mulcahy

투아타라 코메방

[zira:ks] 라고
발음하는거.. ㅎ

오리너구리

육지게

생존

다시 살기 위해 버려야 한다!
다시 살기 위해 '자존심'을 버려라!
다시 살기 위해 '나'를 버려라!

버림으로써 진화하고, 생존하라!
벼랑 끝에서 돌아서자. 다 버리고 다시 걷자….
나무는 꽃을 버려야 열매를 맺고, 강물은 강을 떠나야 바다에 이르는 법.

축구

사람의 인생도… 축구도… 모른다.

세계 최고 브라질 축구가 독일과의 준결승전에서 7:1로 패했다.

그 시작은 물론 첫 골.

어느 순간부터 회복이 불가능한 상태가 되었다.

그 순간이 0:1일지, 0:2일지, 0:3일지, 0:4일지… 모른다.

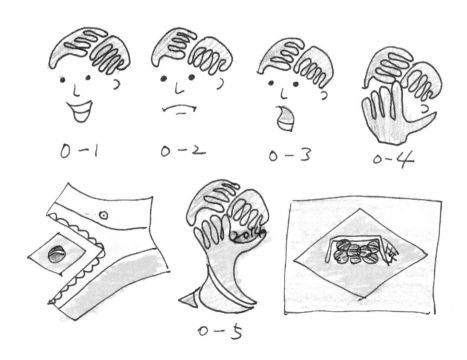

0-1 0-2 0-3 0-4

0-5

Hope

"Hope is a good thing, maybe the best of the things,
and me good thing ever die."

- 〈쇼생크 탈출〉 中 앤디의 말

"Get busy living, or get busy dying."

I Hope! I Hope!

달리기

비가 오나…

눈이 오나…

주 3회

월 40km

42.195

바람이 부나…

천만에요

애즈원(As One) 2집 수록곡.
2001년이었나?
특전사 시절 팀장으로 두 번째 '천리행군'.
무작정 걷던 며칠 동안
주머니에 넣고 다니던
라디오에서 처음
들은 노래.

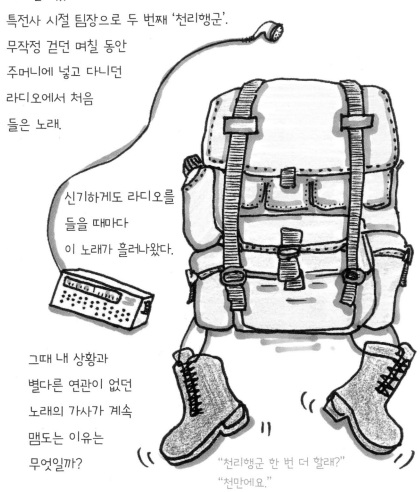

신기하게도 라디오를
들을 때마다
이 노래가 흘러나왔다.

그때 내 상황과
별다른 연관이 없던
노래의 가사가 계속
맴도는 이유는
무엇일까?

"천리행군 한 번 더 할래?"
"천만에요."

남과 북

형제끼리 등을 돌린 지 68년.
남보다 못한 형제.

거울아~ 거울아~

같은 말, 서로 다른 해석…
우리는 사과에 인색해서 유감인 시대에 살고 있다.

토요일 늦은 오후

사무실 근처에서 나누는
김밥 한 줄, 라면 한 그릇.
크고 작은 고민과 걱정 그리고 위안….

"김밥 한 줄 할까?" ≧ "커피 한잔할까?"

동물농장

SBS 〈TV·동물농장〉
똘이와 주인아저씨의 재회.
전신 3도 화상을 입고 정신을 잃은 주인아저씨.
뒷다리에 상처를 입고도 재가 되어 버린 집터에서
아저씨를 기다리던 똘이….

눈이 초롱초롱한 똘이는 가난하고 나이 든 주인을 잊지 않았다.
배신을 밥 먹듯이 하는 사람들….
가난하고 병든 가족을
등지는 사람들….

개처럼 살자….
개만큼은 살자….
개만도 못한 짓은
하지 말고 살자….

행복

행복에 관해 생각해 본 며칠….

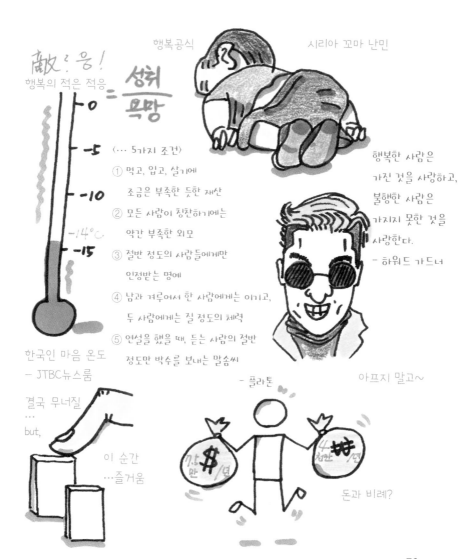

행복공식

시리아 꼬마 난민

敵? 응!

행복의 적은 적응 = 성취 목망

(… 5가지 조건)

① 먹고, 입고, 살기에
조금은 부족한 듯한 재산

② 모든 사람이 칭찬하기에는
약간 부족한 외모

③ 절반 정도의 사람들에게만
인정받는 명예

④ 남과 겨루어서 한 사람에게는 이기고,
두 사람에게는 질 정도의 체력

⑤ 연설을 했을 때, 듣는 사람의 절반
정도만 박수를 보내는 말솜씨

- 플라톤

한국인 마음 온도
- JTBC뉴스룸

0
-5
-10
-14℃
-15

행복한 사람은
가진 것을 사랑하고,
불행한 사람은
가지지 못한 것을
사랑한다.

- 하워드 가드너

아프지 말고~

결국 무너질
…
but,

이 순간
…즐거움

7.5만 $/년

4천만 원/년

돈과 비례?

73

자연 상태에서는 만여 개의 알을 낳는 금붕어가 어항 속에서는 3~4천 개의 알밖에 낳지 못한다.

왜 그럴까? 그것은 어항이 고통이라는 자연법칙의 진리를 제공하지 않기 때문이다.

사랑

만일 고통이라는 밥과 상처라는 국을 먹지 못한다면 나는 가을날 서리 맞은 들풀처럼 시들어 버리고 말 것이다.
- 정호승, 〈우리가 어느 별에서〉 中에서

고통은 신이 인간을 사랑하는 방법이다.

어둠과 빛

스테인드글라스는 햇볕이 가득한 낮에 보면 보통의 유리창과 다르지 않습니다.
그러나 어두운 밤, 안쪽에서 불을 켜면 비로소 그것의 아름다움이 드러납니다.
사람도 바로 이 스테인드글라스와 같습니다. 다시 말하면 성형수술이 당신의
인생을 행복하게 만들어 주지 않습니다. 내면의 아름다움을 빛내는 것만이 행복한
인생, 사랑받는 사람으로 나아가는 비결입니다. 겉을 아름답게 꾸미는 것보다
내면을 아름답게 가꿉시다.
아름다운 음악과 독서가 당신의 내면을 더욱 빛내 줄 것입니다.

- CBS 〈1분 묵상〉 中에서

세상이 어두울 때 내 안의 빛으로
아름답게 드러나는 그런 삶이 되도록….

아빠

며칠 전 SNS를 통해 본 사진 한 장….
난 아직 부끄러운… 무늬만 아빠다.

햄버거

버거~운 하루하루.

유난히 내 주위에 버거 이야기가 많았던 날….

Who are U? 하마? 개구리?

긍정의 한 입!
소소한 재미
한 모금으로…^^

웃자! 웃자! 웃자!

리더
리더의 위치는 어디인가?
내 속의 너무 많은 나 중에
어떤 나를 리더로 세워야 할까?

青蝸

"Slow and steady wins the race."

승리의 V

靑瓦 아니다. 대권에 관심 없다. ㅋㅋ

항상 Smile

청와

호를 짓는다면…
'청와'라 하고 싶다는 생각이 문득 들었다.
'푸른 달팽이', '젊은 달팽이'.
조금 느리지만, 젊고 푸르게 꿈을 향해 나아가는 삶.

결혼

2002년 9월 7일 처음 만나
2003년 10월 12일 결혼하고···
울고··· 웃고··· 사랑하고··· 미워하고···.

그린피스

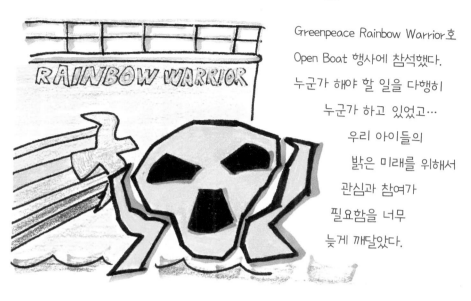

Greenpeace Rainbow Warrior호
Open Boat 행사에 참석했다.
누군가 해야 할 일을 다행히
누군가 하고 있었고…
우리 아이들의
밝은 미래를 위해서
관심과 참여가
필요함을 너무
늦게 깨달았다.

"핵 시대를 끝내야 합니다!"
"기후 변화를 막아 주세요!"

무지개 빛 전사들을 도와서
우리 아이들과 그 아이들의 아이들이
돌고래와 북극곰과 더불어
행복했으면…

사람

이래서 아무나 리더나 매니저가 되면 사람이 힘들다.

사람이 아프다.

Leader, Manager…

크건 작건 조직을 이끈다는 것은

구성원을 관리한다는 것은

무한한 능력과 희생을 필요로 하는 듯.

결국 사람… 관계….

사람이 문제가 되고 사람이 희망이다.

"비주류라고 두려워하지 마라.
오늘날 인정받는 주류들도 비주류에서 시작했다."

— 버트런드 러셀

비주류

나는 어디에 속해 있나?

주류? 비주류?

비주류로 주류처럼 살까?

주류로 비주류처럼 살아야 할까?

공권력

누구의 손에 들려 있느냐에 따라
'민중의 지팡이'는 시민의 돌봄이가 되기도 하고,
'물대포'가 되기도 한다.
집회는 집회답고, 공권력은 공권력다운 사회에서 살고 싶다.

주인을 잘못 만나면
지팡이도 아프고
국민은 더 아프다.

진정...
누구를 위한
대립인가?
누구를
위한
희생인가?
ㅠㅠ

PRAY FOR KOREA

고래 꿈 새우잠

새우잠을 자더라도~ 고래 꿈을 꾸어라.

유현이의 최근 유머
"새우는 깡이 있어서 고래가 밥이다!"

그래도 꿈은 '거위의 꿈'이지.

이 또한 지나가리라

This too shall pass away….
펜을 들고 하루를 정리하는 일조차
사치처럼 느껴진,
자존감 무너지고 비루했던 시간들….
이 또한 지나가리라….

고난

추락하는 것의 발목에는 항상 밧줄이 묶여 있다.
삶에서 찾아오는 고난, 역경은 번지점프다.

"We all have an obligation to be happy!"
— 『꾸뻬씨의 행복여행』 中에서

"나를 죽이지 못한 것은 나를 더욱 강하게 만든다."
— 니체

꽃

꽃이 어디서 피어난들 어떠랴~.
아름다우면 그만이지.
그곳이 어디든
예쁜 꽃을 피우면
그만이지.

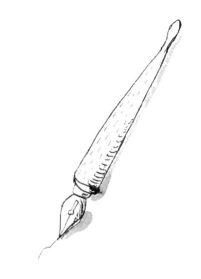

펜

잉크를 찍어 펜으로 쓴다.
사각사각 종이를 긁으며
졸린 내 생각의 찌꺼기들이
어제의 흔적으로 남았다.

신기하다…
장식품처럼 폼이나 잡을
옛날을 닮은 펜이 글씨를 남긴다는 것이…
신기하다는 생각조차 신기하다.

진실

작년 오늘도 비가 내렸다….

참다… 참다…

쏟아내는 눈물처럼….

흰 국화 꽃말은…

진실.

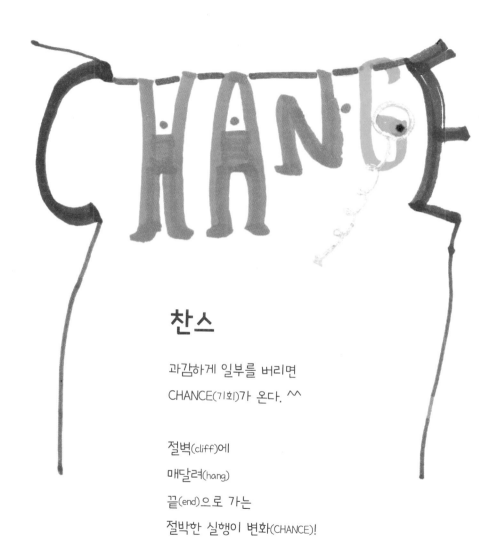

찬스

과감하게 일부를 버리면
CHANCE(기회)가 온다. ^^

절벽(cliff)에
매달려(hang)
끝(end)으로 가는
절박한 실행이 변화(CHANCE)!

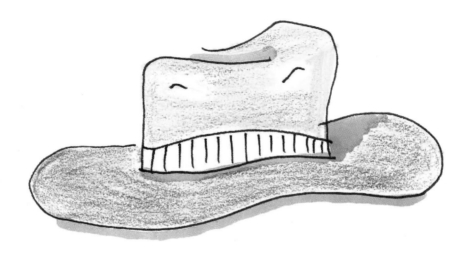

모자

나는 모자랍니다.
모자람을 흔쾌히
인정하고
채워 가며
살겠습니다.

나는 베리(very)
모자랍니다.

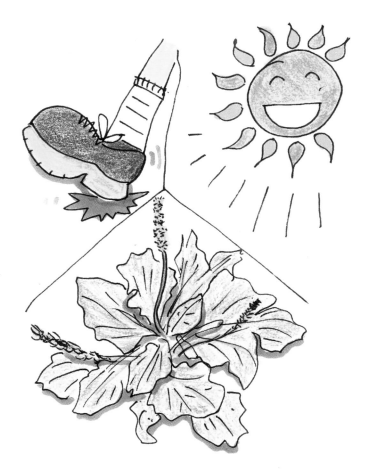

질경이

질경이처럼 살아야지.
무한 경쟁 속에서
햇빛을 찾아
산길 한가운데로 나온 질경이는
행인들의 발길을 감수하고
밟힘을 이겨 내야 한다.

발상

전구를 팔 것인가?

빛을 팔 것인가?

중복

현대인에게 가장 유용한 복날 보양 음식이 달걀이라니….
연일 30도를 웃도는 불쾌한 더위 속에서도
우리의 파랑새는 거실 냉장고 안에 가까이 있었구나.
불행도, 행복도, 더위도, 시원함도 다 내 안에 있으니…
그러니 오늘도 마냥 웃을 수밖에….

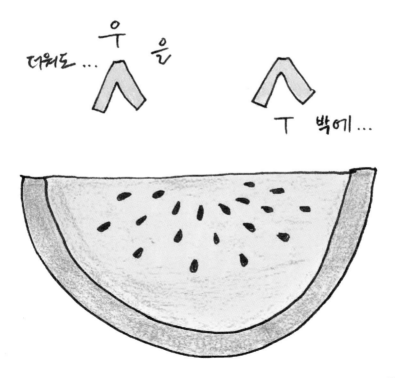

더워도 … 우 ^ 을

^ ㅜ 박에…

삶

가슴을 치며 살아가는…
삶은 달걀…
삶은 고구마…

그래서 가끔 퍽퍽한가 보다.

다
집...
그 리
움...
온 다
...

지친다... ㅋ
지치지 말자...
포기도 말자...

기다림

기다림은...
그 자체만으로
의미가 있다.
얻어지는 것들이 많다.

돈

똥인지 된장인지도 모르고 살아온
부끄러운 젊음이…
돈을 다시 생각한다.

"돈은 똥이다.
쌓이면 악취를 풍기지만,
뿌리면 거름이 된다."
　　　　- 이인옥 할머니

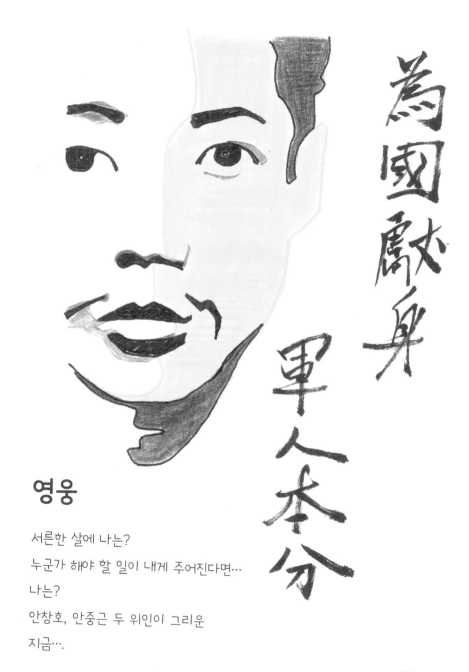

為
國
獻
身

軍
人
本
分

영웅

서른한 살에 나는?
누군가 해야 할 일이 내게 주어진다면…
나는?
안창호, 안중근 두 위인이 그리운
지금….

기적 1

피할 수 없다면 맞서자!
기적이 일어날 거야. ^^
멀리 汽笛이 우네….

어둠을 통과할 때 기적이
일어난다.

기적 2

견딜 수 있다면 해낼 수 있다.
세상의 가장 위대한 기적은
끝까지 살아남는 것,
생존.

If you can take it,
you can make it
. . .

이발

하루가
즐거우려면
목욕을 하고

일주일이
즐거우려면
이발을 하고

한 달이 즐거우려면
차를 사고

일 년이 즐거우려면
집을 사고

3년이
즐거우려면
결혼을 하고

평생이 즐거우려면
하고 싶은 일을
하라.

위안

신. 호. 등.
저 멀리 신호 보이지?
잠시 멈춘 거야….
멀리 보고 가자! ^^

녹색등 불빛보다
더 큰 희망과 위안.

어머니는 짜장면이
싫다고 하셨어~.

중국 음식

중국 음식을 싫어하는 아내가 회식에 간 날.
아들 녀석과 함께 먹는 쟁반짜장과 탕수육.
행복이 넘치는… 아니 터지는 저녁. ^^

쉬는 것도 왠지
열심히 해야 할 것
같은 강박…

어쩌면 온전히
혼자만 쉰다는 것은
아주 먼 이야기가 아닐까?

暇

휴가

비자발적 휴가와 자발적 휴가가 섞여 흘러간 한 주…
마지막 날에야 비로소 먼가로부터 자유로워지는 듯….

vacance(프랑스어)의 어원… vacation(바카치온)

vacation(라틴어) : 무엇으로부터 자유로워지는 것

꿈

꿈의 정상에 이르는 수많은 방법…

또 뭐가 있을까?

"오랫동안 꿈을 그리는 사람은 마침내 그 꿈을 닮아 간다."

— 앙드레 말로

다름과 닮음

다름과 닮음은 한 끗 차이.
다른 듯 닮은, 닮은 듯 다른
부부, 형제, 자매, 남매, 가족, 친구…
그리고 너와 나….
다투지 말고, 미워하지 말고
부둥켜안고 살았으면….

텅 빈 하루

여러 가지 생각들로 가득 찼던 ~

텅빈하루

가

저문, 달.

균형

정직하고 명예롭게 살아가는 것이

얼마나 중요한지…

얼마나 어려운지….

비로소 국민이 주인 되는 날

황태

독성을 풀어 주고 소변이 잘 나오게 하는 데 탁월…
흔하게 술독을 푸는 데 뛰어난 효과…
주요 성분은 단백질이며 칼슘 또한 풍부…
콜레스테롤이 거의 없고 메티오닌을 비롯한 아미노산이 풍부…
추운 겨울날 바닷바람을 쐬고
얼고 녹기를 수없이 반복하며 서서히 건조된 명태는
부드럽고 맛있는 황태가 된다.

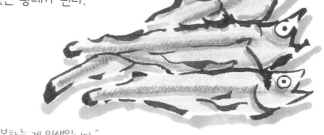

"얼었다 녹았다를 반복하는 게 인생입니다."

– 장유정 감독

黃太…
봄날은 온다…
이 순간이 봄날이기를…
이렇게 언 채로 끝나 버리진
않겠지? ㅠㅠ

축구

막걸리 마시려고 매주 공 차는 사람들….

술도 좋고… 축구도 좋아.

그래도 사람이 제일 좋은 사람들….

술 ≤ 축구 < 사람 ^^

헛된 욕심

헛되고 헛되며 헛되고 헛되니
모든 것이… 헛되도다.
해 아래에는 새것이 없나니….
교만하지 않을 만큼의 결핍과
절망하지 않을 만큼의 믿음….

내 피자 조각은
왜 이리 작지?
이 또한 내 필요만큼…
내 그릇만큼…
하지만 배고프다. ㅋㅋ

요즘 순간 가격표

· · · · · · 시가

· · · · · · 2만 원

+  · · · · 5만 원

+ · · · · 6만 원

+  · · · · 15만 원

가격표

문득…
내 몸값은 얼마?

세
마
리
개

편견

선입견

과연 .. 내 안엔?

백문이 불여일 견

BUTTER

MILK

개구리
세 마리 ..

마중물

'왜?', '무엇 때문에?'라는 무의미한 돌아봄 대신
'무엇을 위해?'를 생각하며 앞을 보는 자세로
믿음을 끌어 올릴 마중물.
나도 누군가의 인생에 마중물로 살 수 있기를….

미래를
싹티우는
긍정의
물줄기

위해서
위 위서
무 해해
일 서

* 마중물 : 펌프질을
할 때 물을 끌어 올리기 위해서
위에서 붓는 물

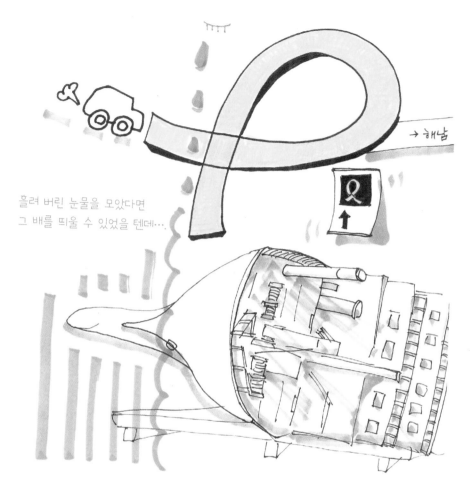

흘려 버린 눈물을 모았다면
그 배를 띄울 수 있었을 텐데…

→ 해남

세월호 3주기

해남 가던 길…
펄럭이는 이정표 깃발이 손짓하는 곳으로
이끌리듯 도착한 그곳…
목포신항….
단원고에도, 팽목항에도 가 보지 못했던 나.
시간을 되돌릴 수 있다면….

5월에는

떨어진 꽃잎들이

다시 꽃이 되고~

짝을 잃은

날개가

짝을 찾았으면~

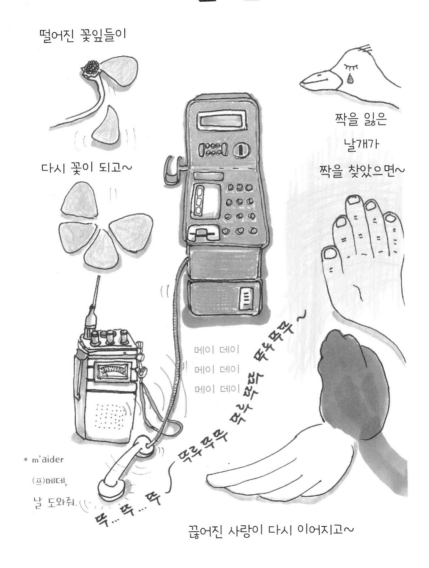

메이 데이
메이 데이
메이 데이

* m'aider

(프)메데,

날 도와줘.

뚝…뚝…뚝

뚜루뚜루 끊어진 사랑 뚜루뚜루~

끊어진 사랑이 다시 이어지고~

118

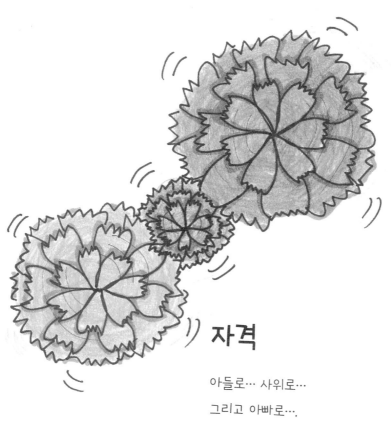

자격

아들로… 사위로…
그리고 아빠로….

문득…
커다란 톱니들 사이에
이 빠진, 작은 톱니처럼 부끄러운 하루….
자랑스러운 아빠로, 사위로, 아들로
살아가는 일에 대해 고민해 본다.
갈 길이 멀지만, 또 걷는 수밖에….

친구

함께 있을 때, 아무것도 두려울 것이 없었던…

곁에 두고 오래 사귄 벗.

난 그들에게 어떤 친구이고…

어떤 친구로 남을까?

함께 가자, 하와이. ^^

크리스마스

펑펑하고 힘든 하루…

그래도 메리 크리스마스! ^^

성장판 1

뇌에도 성장판이 있다면
20대 중반 이후부터
닫히는 것 같다.
중3 이후 닫혀 버린
내 성장판들. ㅠㅠ

성장판 2

내 마음의 성장판과
내 꿈의 성장판은 아직 열려 있다.
나는 아직 자라고 있다.
죽기 전날까지 자라고 싶다.
열려라! 성. 장. 판. ^^

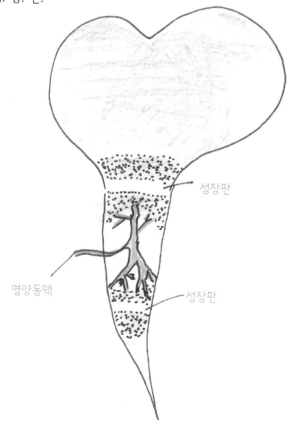

집중

어디서 봤는지 기억나지 않지만
문득, '내게 날아온 돌을 모아 성을 쌓자.'는 글이 떠올랐다.

누가 총을 쏘았는가를 생각하며 시간을 보내기보다는
'몸에 박힌 총알'을 뽑는 데 집중하자.

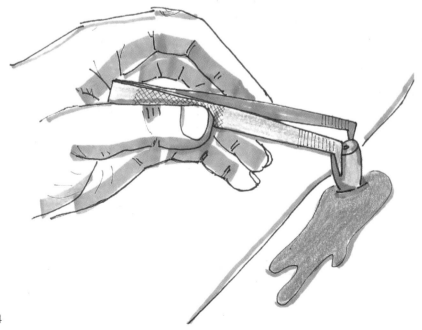

행복해지는 길

1일이 대들지(따지지) 말고

2유를 대지 말고

3삼하게 살고

4정없이 노력하고

5! 땡큐를 자주 하고

6신이 스킨십을 잘하고

7십 퍼센트만 만족하고

8팔 뛰면서 일하고

9구한 변명하지 말고

10%는 사회에 공헌하자.

인내

내가 가려는 길이 꽉 막힐 때가 있다.

앞… 좌… 우를 살펴도 여지가 없을 때

시동을 끄고 내리겠는가?

마침 옆으로 보이는 잘 뚫린 길로 핸들을 돌릴 것인가?

목적지가 명확하다면, 이 길이 맞는 길이라면

조금만 더 기다리자.

곧 넓게 뚫린 탄탄대로가 열릴 것이다.

반드시!

벽

벽이 아니라 문일 거야.

부지런히… 잘 찾아보자.

손잡이가 어딘가에 있을 거야.

일단 이 문이 열리기만 하면…

엄청나게 큰 성공의 통로를 지나게 될 거야.

그럴 거야…

꼭!

실패

실패, 실패, 실패.
실패를 굴려 풀린 실을 다시 뭉쳐 '成공'을 만들자!
난 아직 내가 채워야 할 실패의 횟수를 채우지 못했다.
위험을… 실패를… 즐기자!

"가장 많이 실패한 사람이 성공한다. 성공하고 싶다면 위험을 즐겨라."
― 세스 고딘, 『세스 고딘의 시작하는 습관』中에서

"I'm your mother!"

삶은 저글링

인생은 5개의 공을 던지고 받는 저글링.
자신, 가족, 친구, 일, 건강.
일만 고무공, 나머지는 유리공.
놓치면 고무공은 튀지만
유리공은 깨진다.
난 일단 3개의 공
(work, health, family)으로 시작!

받는 손에 신경이 쓰이면
던지는 손이 경직된다.
던지는 손이 공을 잘못 던지면
잡기가 힘들어진다.
던지는 손에 집중하자!
잘 던지면... 잘 받을 수 있다.
— 세스 고딘, 『세스 고딘의 시작하는 습관』中에서

배움

나는…

어떤 '나'인가?

* 팔움의 법칙

새움 → 도움 → 채움 → 비움   배움
→ 깨움 → 키움 → 세움

"나 자신을 바로 세우기 위해서는
여덟 가지 움직임을 하나로 꿰는 배움의 태도가 필요하다."

— www.mkiss.or.kr의 〈통쾌한 八字경영〉 中에서

한계

한계는 없다! 뚫고 올라가라!
한계를 규정짓는 순간…
한계는 정해진다.

추석

달… 달… 하다.
둥글고 환한 모습도 들여다보면
그늘과 얼룩이 있구나.
그래도 밝게, 둥글게 살자!
더도 말고 덜도 말고 저 보름달처럼.

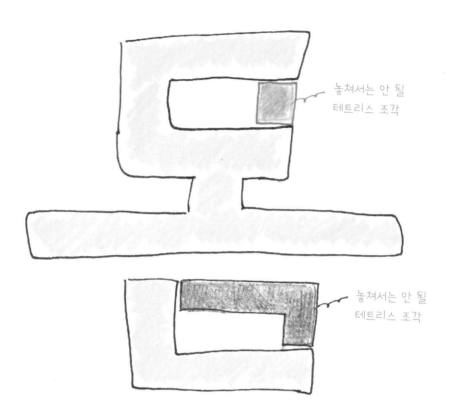

놓쳐서는 안 될
테트리스 조각

놓쳐서는 안 될
테트리스 조각

불변의 공식

바뀌면 안 될 공식

몸 > 돈

가족 > 일

일 > 돈

순서도 바뀌어서는 안 된다.

* 근의 공식 : 1근 = 600g … ㅋㅋ

웃음

낙하산과 얼굴은 펴져야 산다!
살고 싶으면 웃어라!

웃음에 건강이 걸린다.
돈이 걸린다.
창의력이 걸린다.
사랑이 걸린다.
행복이 걸린다.
- 신상훈(작가 겸 교수), 〈특강〉 中에서

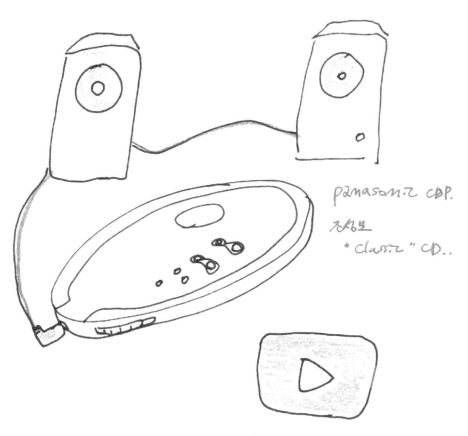

panasonic CDP.

정성모
" classic " CD..

추억

선명한 영상과 깨끗한 음질보다
딸그락거리며 가끔 튀는
낡은 CD가 위안이 되는 밤.
걸그룹 아이돌의 최신 유행가보다
한물간 가수의 노래가 그리운 밤.
그런 밤이 있다….
오늘같이.

리액션

고수(鼓手)가 명창을 만든다.
리액션이 액션보다 위대하다.
열정적으로 리액션 하자!

붕어빵

붕어빵 5개에 2천 원.

말 안 해도 덤으로 하나 더.

황금잉어빵, 강남붕어빵 등으로 진화(?)하더니

새우빵도 나왔네.

맛보다, 양보다 기분으로 먹는…

추억으로 먹는…

매년 이맘때가 되면….

우리 동네 11월은
붕어빵이 익어 가는 계절 ^^

그리고 보니
가자미ㅠㅠ

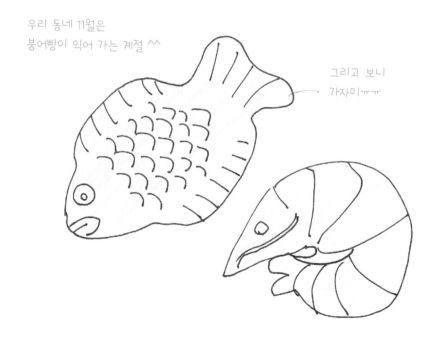

버저비터

injury time(loss time, lost time, extra time)에
골이 들어가고… 승패가 바뀐다.
buzzer beater가 경기를 뒤집는다.
야구는 9회 말 투 아웃부터라는 진부한 말처럼…
야구도, 축구도, 농구도…
인생도 모른다.
끝나기 전에는…
끝난 것이 아니다.
끝까지 포기하지 말 것.

SNS

사람과 사람이 만나는 곳.

사용하는 방법에 따라서 고독한 쓰레기장이 될 수도…

따뜻한 사랑방이 될 수도…

힘든 사람은 힘을 얻고, 기쁜 사람은 나눌 수 있는…

비교, 시기, 질투는 없고

배려, 인정, 칭찬만 가득한 그런 곳이 되기를…

그 안에서 늘 즐겁게 교감하기를…

…octal   …etwork   …entce ??

…aram   &   2ram .

암시

나는 위대한 일을 할 수 있다.

나는 내면에 위대한 가능성을 간직하고 있다.

내게는 아직도 발휘되지 않은 가능성이 있다.

나는 날마다 새로워지고 있다.

매일매일 어제보다 나은 하루를 보내고 있다.

나는 20대처럼 건강하고

30대처럼 열정적이며

최고의 전성기를 살아가고 있다.

감사와 감탄으로 가득 찬 내 인생.

시간과 경제적 풍요 속에서 꿈꾸고 이루며

세상에 선한 영향력을 미치고 있다.

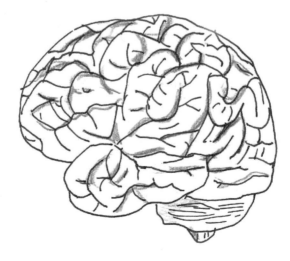

배터리

배터리를 수명 만큼 오래 쓰는 방법?
방전시키지 말 것!
어느 날 갑자기 배터리가 수명을 다하면
좋은 차도 고물 덩어리…. ㅠㅠ
재충전은 확실하게!

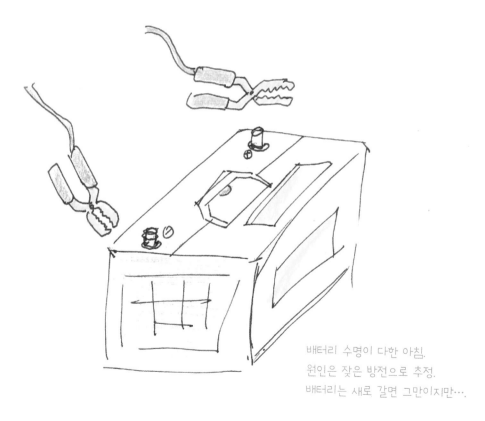

배터리 수명이 다한 아침.
원인은 잦은 방전으로 추정.
배터리는 새로 갈면 그만이지만….

촌철

내가 쓰는 말과 글이...

寸鐵殺人

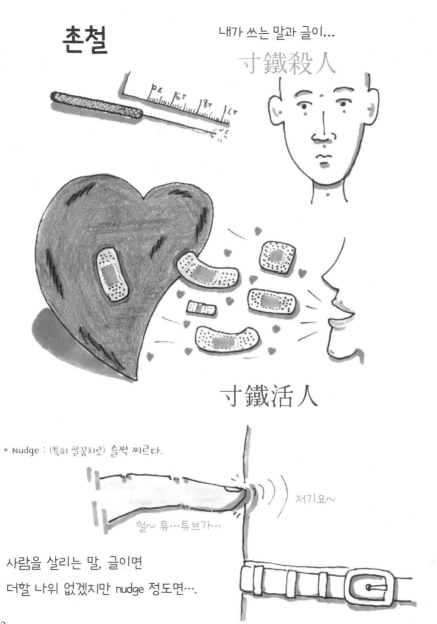

寸鐵活人

* Nudge : (특히 팔꿈치로) 슬쩍 찌르다.

저기요~

헐~ 튜…튜브가…

사람을 살리는 말, 글이면
더할 나위 없겠지만 nudge 정도면…

142

이 산이 아닌가벼 ㅠㅠ..

질문

"…그는 …가끔은 자신이 오르는 사다리가
엉뚱한 벽에 기대어 있는 것은 아닐까 싶기도 했다."
　　- 앤드루 소벨 & 제럴드 파나스, 『질문이 답을 바꾼다』 中에서

내가 지금 오르고 있는 사다리가
내가 오르고자 하는 벽에 기대어 있는가?
자주 묻고 확인할 일이다.

143

폭탄

참 깨기 힘든 단계…

잘된다고 살피지 않고 달리다 보면

한쪽에서 서서히 시한을 다해 가는 폭탄들…

미리 막지 못해 손쓸 수 없는 안타까움…

남아 있는 기회의 무용함…

그리고 "아빠 할 게 없는 게 아니라,

아빠가 할 걸 못 찾는 거야…"

유현의 충고…. ^^

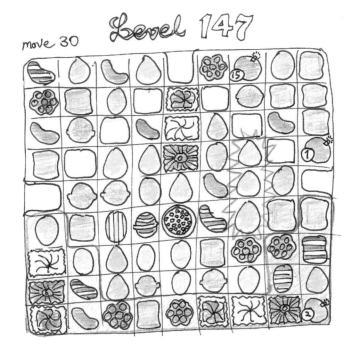

move 30   *Level* 147

어린왕자

다 아는 내용이라 생각했는데…
줄거리를, 주제를 물어보면
답하기가 어려운….
잘 모르면서 아는 체하며
살아가는 하루하루….
다시 찾아 읽을 여유가 없는 삶….
어린왕자처럼 살고 싶다고…
그가 누군지도 잘 모르면서…. ㅠㅠ

문사철

"우리는 '어떻게 이 일상의 현실을 벗어날 수 있는가?'라고 묻지 말고, 차라리 '이 일상의 현실이 과연 그토록 확고하게 실존하는가?'라고 물어야 한다."
- 배우 유아인의 트위터, 슬로보예 지젝, 『전체주의가 어쨌다구?』中에서

文·史·哲이 고픈 시기다.

속이…

허하다.

나? 나!

"내 함량과 자질에 따라서
내 자리가 정해진다.
내 주위의 친구들이 달라진다.
내 가치가 달라진다."

            - 정상옥 센터장님

조금은 차갑지만… 현실이기에 공감하며
내 몸값에 대해 생각해 보는 순간!

분리수거

일요일 오전, 분리배출하는 시간.

이 시간에 버리지 않고 지나가면 엄청난(?) 쓰레기가….

종이류, 금속류, 플라스틱으로 구분해 두지만

어떤 주는 종이류가, 어떤 주는 플라스틱이 영역을 침범해서 넘쳐 난다.

마음 한 켠에 가정, 일, 개인의 칸막이를 만들고 구분하려 하지만

때로는 일이, 때로는 가정이 구역을 침범해서 넘쳐 난다.

제때… 늦지 않게 말끔히 비울 일이다.

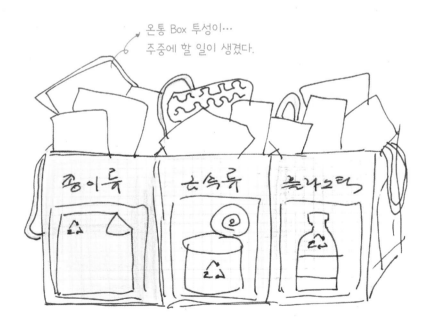

온통 Box 투성이…
주중에 할 일이 생겼다.

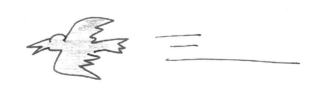

나쁜 생각

생각 속에 당신을 포함한 주위의 환경과 상황을 만들어 내는
강력한 창조력이 있다는 것을 늘 염두에 두어라.

"나쁜 생각이란 마치 머리 위를 지나가는 새와 같아서 막아 낼 도리가 없다.
그러나 그 나쁜 생각이 머리 한가운데 자리를 틀고 들어앉지 못하게 막을 힘은
누구에게나 있다."
                                                    - 마틴 루터 킹

149

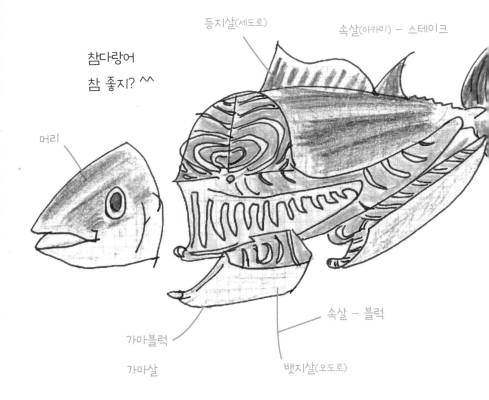

참다랑어
참 좋지? ^^

등지살(세도로)

속살(아카미) − 스테이크

머리

가마블럭

가마살

속살 − 블럭

뱃지살(오도로)

참치

사실 자주 먹지 못한다. 맛도 잘 모른다.
가끔 먹게 되니 기회가 오면(?) 많이 먹는다.
때로는 김 맛으로 먹는다. 주는 대로 먹는다.
귀한 부위라 하면 더 맛있게 느껴진다.
우리가 살면서 당면하는 많은 사건들, 상황들…
나는 얼마나 알고, 평가하고, 대처하는가?
몰라도 아는 척…
그럴듯한 말에 혹하며 살아가지는 않는지….

마트

가끔 바구니를 들고 출발하면 후회할 때가 있다.

넘쳐 나는 삶의 욕심과 욕망들…

늦은 밤 대형마트 장보기…

지난주는 6만 원으로…

이번 주는 10만 원으로 채워진다.

때로는 카트가 가득 차지 않아도 마음이 가득 찰 때가 있다.

늦게 찾은 마트에는 할인 품목의
즐거움과 한적함이 있다.
일하시는 분들의
피곤함도…. ㅠㅠ

유현이가
타고 다니던 카트…
이제는 유현이가
밀고 다닌다. ^^

낮은 굴뚝

밥 짓는 연기가 못 먹는 이웃들에게 아픔이 될까 봐
연기를 감추려 내려앉은 굴뚝.
나누지 못할 형편이면 감추는 배려도 미덕인 듯….
종갓집 낮은 굴뚝의 의미가
어려운 마을 사람들에 대한 배려였음을 알게 되었다.
자신을 낮추고, 때로는 감추고 살 일이다.
허공에 날리지 못하고 낮게, 낮게 감추다가
내 몸이… 내 가슴이 새까맣게 탈지라도… 때로는….

152

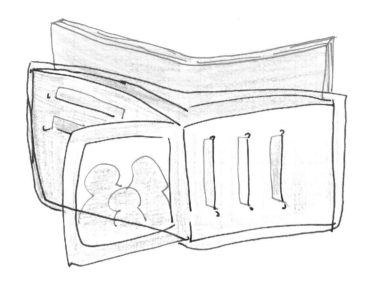

비움과 채움

지갑이 비었다고 위축되거나 낙심하지 마라.

지갑이 빔을 두려워 말고…

머리가 빔을… 마음이 빔을 경계하자.

비어 있으면 채워 주신다.

간절히 바라면 이루어 주신다.

하나님!

저도 누군가의 삶의 빈자리를 채우는 도구로 사용하여 주세요.

작지만 크게 써 주실 줄 믿습니다.

아멘….

사랑

사랑과 전쟁, 아니죠.
사랑과 분노, 맞습니다.
사랑하라 그리고 분노하라!
나는 누구를, 무엇을 사랑하고 있나?

"사랑하면 알게 되고, 사랑하면 분노한다."
— 강신주 박사

윷놀이

지루할 수도 있다. 늘 그 자리에서 맴도는 것 같으니…

이번 판은 포기하고 싶을 수도 있다.

하지만 백도가 상대방 말을 잡을 수도…

적절한 타이밍이면 길∼게 한 바퀴 도는 수고도 줄일 수 있다.

윷판도, 人生도 모른다.

'모' 아니면 '도'라는 자세는 피해야겠지만…

누가 알겠어?

두 윷에 세 모가 나올지…. ㅎㅎ

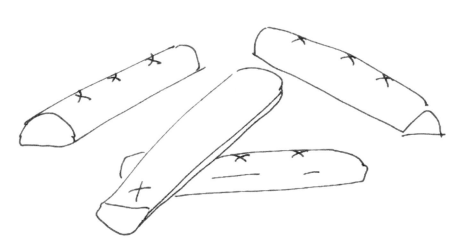

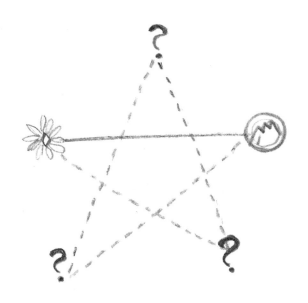

별 같은 인생

生을 다하기 전에
온전한 별을 그리고 가야지.

반짝반짝 빛나는 별.
다채롭고 의미 있는 삶.

유현이가 따라 하고 싶은 일들.
따라 살고 싶은 인생.

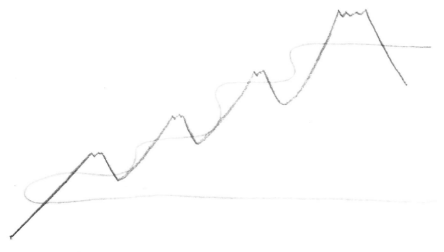

Where am I?

에베레스트산에 오르려면 이렇게 해야 한대.

올라갔다… 다시 내려오고… 또 올라가고… 또 내려오고….

이렇게 하지 않고 정상으로 바로 오르면

체력이 다하고, 고도에 적응을 못해서 결국….

삶이 그렇대.

그게 위안이 돼.

지난해 난 내리막을 걸었어.

정상은 보이지 않았고…

난 지금 어디쯤 와 있을까?

얼마나 남았을까?

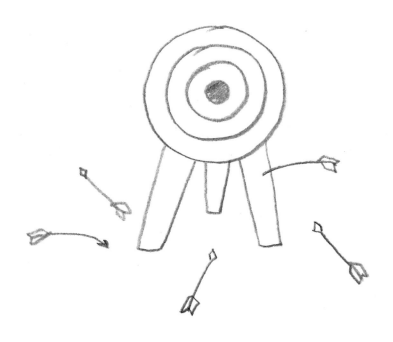

화살

함부로 쏜 화살들…
화살 주으러 간다.
그리고 잊지 말 것!

"一矢二無"

휴가 마지막 날

아내의 커피물 끓이는 소리로
휴가 마지막 날 아침을 맞는다.
너 나 할 것 없이 아쉬워하는 여행의 끝자락.
서로의 역할에 충실했기에 즐거웠던 여행.
이제 다시 일상으로 돌아가야 할 시간….
모닝커피는 역시나 우리나라 봉지 커피. ^^

나이 드는 것

늙는 것이 아니라 익어 가는 것이라고…
새벽 라디오에서 흘러나온 노랫말.
익어 가더라도 비굴하게 고개 숙이지는 말기!

변속

제때 제때 변속할 줄 모르는 삶은
자기 속도로 살아갈 수 없다.
가속을 붙이고 기어를 바꾸자.
부드럽게… 매끈하게… 덜컹거리지 말고.

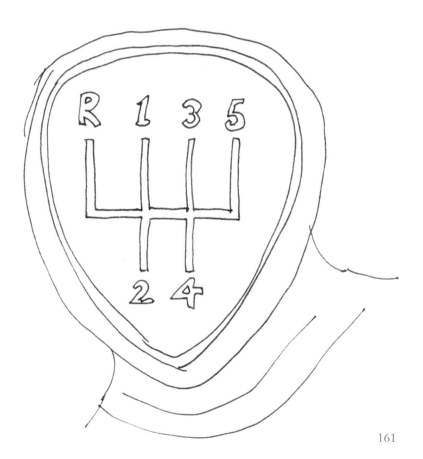

콘트래리언

1. 우직하고 성실하다.

2. 남과 다르게 생각하고, 모방하지 않는다.

3. 모두가 'Yes'라고 소리칠 때 'No'라고 외친다.

4. 모두가 비슷한 경력을 쌓을 때, 정반대의 경력을 개척한다.

5. 전진보다는 후진하는 방법으로 성공의 해법을 찾는다.

* Contrarian : 다수의 입맛에 맞지 않고 아무리 인기가
없더라도 그들이 취한 포지션과 정반대의 포지션을 취하는
사람… 내가 살고 싶은 모습.

백록담

정상에 가까워질수록
바람은 거세지고, 안개는 짙어졌다.
차가운 공기는 오래 머물지도 말라 하고
백록담은 끝내 모습을 보여 주지 않았다.
다음에 또다시 오르라고….

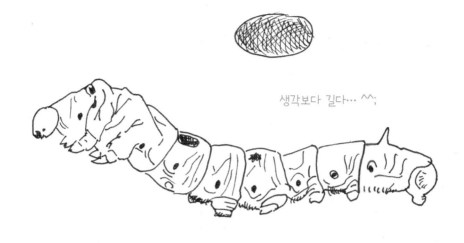

생각보다 길다… ^^;

성공의 조건

"시간과 인내는 뽕잎을 비단으로 만든다."

- 중국 속담

이런 좋은 속담이 있었군.
시간 + 인내 + 움직임(활동) = 성공
'성공'의 정의가 무엇이건 간에….

세일즈 화법

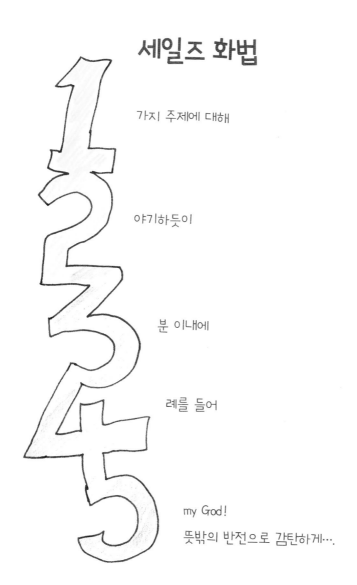

가지 주제에 대해

야기하듯이

분 이내에

례를 들어

my God!

뜻밖의 반전으로 감탄하게….

슬럼프

별 생각 없이
두려움과 나태로
움츠리고 있었다 할지라도…
당황하지 말고
기다렸다는 듯이
몸을 쭈~욱 펴면…
끝.

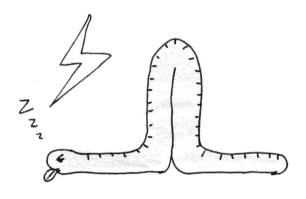

尺蠖之屈
"자벌레가 몸을 움츠리는 것은 장차 몸을 펴기 위함이다."
– 『미생』 '56수' 中에서

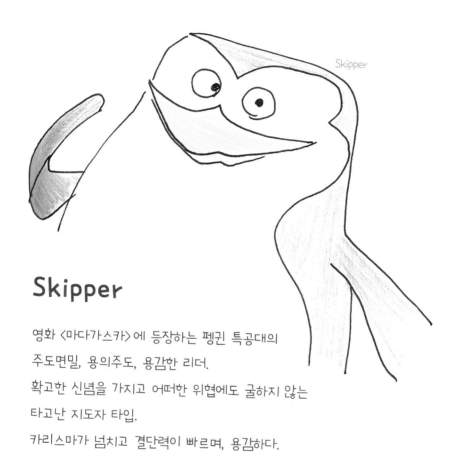

Skipper

Skipper

영화 〈마다가스카〉에 등장하는 펭귄 특공대의
주도면밀, 용의주도, 용감한 리더.
확고한 신념을 가지고 어떠한 위협에도 굴하지 않는
타고난 지도자 타입.
카리스마가 넘치고 결단력이 빠르며, 용감하다.

95%의 부정적 상황과 미래보다
5%의 긍정 마인드로 행동하는 멋쟁이.

릴랙스

워워…

말 못하게 쌓인 것이 많고…

풀지 못하고 지내 온 얼마간의 시간들…

그래도 이렇게 속 좁게 민감하고

쉽게 화내는 것은…

늙는다는 증거…

어이 젊은이!

Relax! ^^

입춘

봄이 온다… 드디어…

들리는 소식이나
형편들은 아직 겨울…
하. 지. 만.

심쿵? 아니죠.
마음은 늘 봄처럼
심춘! ㅋㅋ

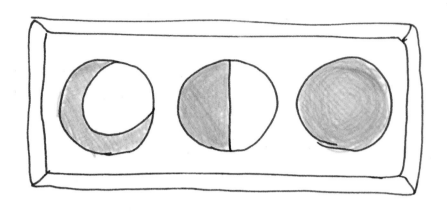

신호 대기

달이 차오른다~ 가자!
녹색 달이 차오른다~ 가자!

5.

4.

3.

2.

1.

Go!

운보 김기창

'운보의 집'에 다녀왔다.
나도…
세상에 의미 있는
자화상 한 폭
남기고 가고 싶다.

1956.1
운보 자화상

"나는 귀가 들리지 않는 것을 불행으로 생각하지 않았습니다.
듣지 못한다는 느낌도 까마득히 잊을 정도로
지금까지 담담하게 살아왔습니다.

(중략)

늙어 가면서 하늘과 대화를 나누며
어린이의 세계로 귀의해야 한다고 믿습니다.
날더러 마지막 소원을 말하라면
'도인이 되어 선(禪)의 삼매경에서 그림을 그리는 것'입니다."

— 운보

시

달의 저편에는 누군가 존재한다고 한다.
아무도 그것을 본 적 없고
대면한 적 없다고 한다.

사람이라고 글자를 치면
자꾸 삶이라는 오타가 되는 것
나는 그것을 삶의 뱃속이라고 생각한다.

        - 이병률의 시 〈면면〉 中에서

배부를 때는 시가 눈에 들어오지 않고
배가 고플 때는 시를 찾을 여유조차 없다.
詩는 비타민과 같아서
때때로 의식적으로 찾아 먹어야 한다.

스승의 날

잊지 않았습니다….
잊지 않겠습니다….

선물

하루하루가 신이 주신 선물…
매일매일을 기대하는 설렘으로 잠들고, 눈뜰 수 있도록….

열매

種瓜得瓜 種豆得豆.
"콩 심은 데 콩 나고, 팥 심은 데 팥 난다."

배나무는 그 열매를 통해 참배나무인지
돌배나무인지 판명이 난다고…
지금 내 안에서는 과즙 가득한 참배가 자라는지…
몹쓸 돌배가 자라는지…
아니, 내가 무엇을 키우고 있는지…
무거운 반성으로 시작하는 하루.

실행

남이 하기 싫어하는 일을 기꺼이 해야 한다.
내 작은 머릿속에서만 맴돌다가 후회로 남기지 말고…
놓지 말고…
흘려 버리지 말고…
거대하고 위대한 변화와 엄청난 성공은
이 작은 행동에서 시작되리라.

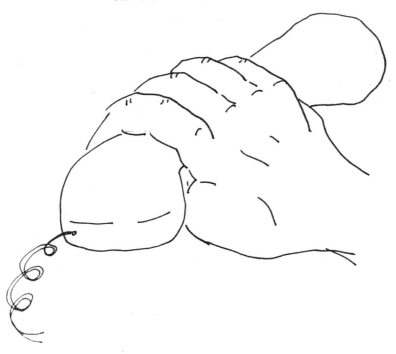

시멘트 벽에
접이식 옷걸이 하나 거는 데도
많은 시간과 힘과 인내가 필요하구나.
교도소 벽과 바닥을 파내서 탈출한
영화 주인공들… 정말 존경합니다. ㅋㅋ

벽 뚫기

전동 드릴로 시멘트 벽을 뚫는다.

한 점에 집중해서 흔들림을 최소화해야 한다.

시멘트는 나무와는 차원이 다르다.

잘 뚫리지 않는다. 시간이 오래 걸린다.

손가락과 팔이 아파서 중간중간 쉬어야 한다.

저장된 전력이 다해 다시 충전을 해야 한다.

생각보다 힘들다. 지루하다. 조바심이 난다.

하지만 순간적으로 구멍을 깊게 팔 방법이 없다.

지치지 않고 떨리는 손을 바꿔 가며

패인 점에 내 온 정신과 힘을 쏟을 수밖에.

전동 드릴의 성능은 그다음.

배드민턴

새로운 운동에 도전한다.

사람들과 어울릴 수 있는 운동.

평생… 오랫동안 즐길 수 있는 운동.

처음은 언제나 낯설다… 어색하다… 부끄럽다….

하지만… 내가 이룬 모든 것들이…

또 앞으로 이루어 가야 할 모든 것들이…

바로 이 '처음'에서 시작된다.

낯설음에 대한 동경과 용기로…

또 시작이다!

언감생심

焉敢生心 하라!!

焉敢生心 : 어찌 감히 그런 마음을 먹을 수 있으랴.
하지만 속단하거나 포기하지 말자!

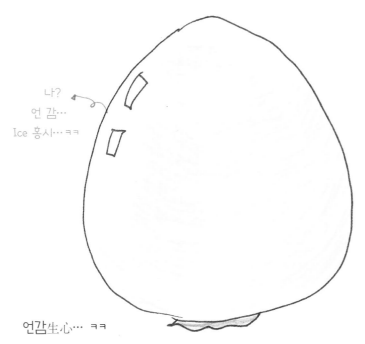

나?
언 감…
Ice 홍시…ㅋㅋ

언감生心… ㅋㅋ

스스로 한계를 짓지 말고… 달려들자!

스푼 하나 달랑 들고…. ^^

반성하기 좋은 날

반성하기 좋은 날…
가을 타는 중년의 멀미 때문은 아니야…
나라 꼴이… 내 꼴이….

적절

Kairos
카이로스

Decorum
데코룸

'적절한 때'
적절한 시기에
상황에 맞는
스피치를 하는 것.
<u>시간의 적절성</u>

'적절성'
상황, 청중, 주제와
조화롭게 잘 맞아
어울리는 적절한 표현.
<u>표현의 적절성</u>

말 많은 세상, 말이 넘치는 요즘…
나는 적절한 시간에
적절하게 말하고 있나?

운명

주어진 패는 바꿀 수 없다.

이 판에서는….

하지만, 선택은 나의 몫이다.

패를 어떻게 풀어 낼 것인가.

조화

'일'과 '놀이'와 '삶'이
하나가 되는 그날을 꿈꾸며…
" 1 = 놀2 = ㄹ3 " ㅎㅎ

삼시세끼

통발에 물고기들이 모여들 때까지
낚시로 버텨야 한다.
'삼시세끼' 걱정을 덜기 위한 두 가지.
'낚시', '통발'.
두 가지 모두 능하면 나눌 수도 있겠지.
'삼식이 새끼'는 되지 말기…. ㅋㅋ

萬愚節
April Fool's Day..

만우절

거짓말이었으면… 하는 일들이
가득한 세상에서…
온갖 거짓들이 난무하는 시대에 살면서
재미로 속이고, 속고도 유쾌한 만우절.

지금껏 거짓말 한 번 못하고 살아온 것이
후회스럽다…. ㅋㅋ

나

지금의 나는
어제의 내가 선택한 행동의 결과….
후회를 넘어서 준비하는 자들은
새로운 희망을 보게 될지어다!

나… 나나나… 나나… 나나나난… 쏴~! ㅋㅋ

아픈 기억

맡겨진 자리에서, 주어진 상황에서
해야 할 행동을 바르게 하는 것이
얼마나 중요한 일인지….
너무 큰 희생을 대가로…
반성하고, 다짐하는 오늘.
비마저 내리는 스산한 하루.
가슴에, 손목에 잊지 못할 아픈 기억.

속보

속 보이는 짓은 하지 말자.

긴급 속보가 유난히 많은 요즘…

속 보이는 사람들이 유난히 눈에 띄는 요즘….

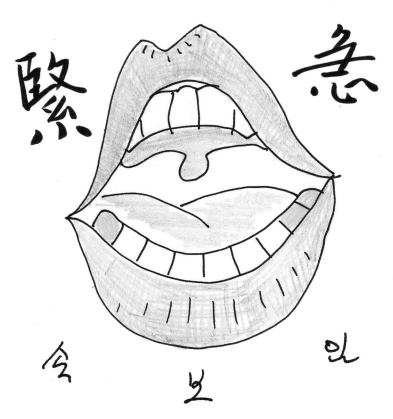

放下着

무소유

가진 것이 없는데도 버릴 것이 남았네.
내려놓아라. 버려라. 내버려려라!

가장 중요한 세 가지

잃고 나서 가장 후회하는 세 가지.

건강, 가족, 친구.

삶의 순간순간 이 세 가지를 잊어서는 안 될 일이다.

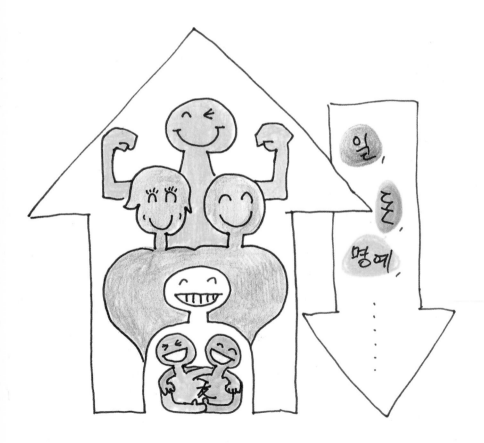

꿈과 현실

물고기로 살아야 한다면
물을 떠날 생각(고민)하지 말고
바다를 향해 '별'을 바라보면서 '뻘'을 걸어라!

꿈은 '바다'를 향하는데
현실은 '뻘 밭'. ㅋㅋ

글러브

철 지난 영화 스치듯 만나
강한 대사에 흠칫 놀라고
눈물 글썽일 뻔…

사랑하는 마음 잃지 말고
목표를 정하여
꼭 잡을 것…

"야구를 진심으로 즐기는 방법이 먼지 아슈?
진심으로 이기려는 마음을 갖는 거야.
그래서 그 고통을 이겨 내는 거라고."

– 영화 〈글러브〉中에서

터닝포인트

모든 삶에는 전환점이 있다!

"기회를 놓치지 않으려면
항상 열린 자세를 유지하고
주변 사건을 늘 파악하며
자신을 알라."

— 제이 엘리엇

"진정한 리더는 잘못을 지적하는 사람이
아니라 상황을 개선할 수 있는 사람이다.
리더는 화를 내고 남을 평가하는 대신
주변에 기쁨과 열정을 전달하는 사람이다."

— 마샬 골드 스미스

원고 투고

난생처음…
출판사에 투고라는 것을 해 본다….
피드백이 없으면 가슴이 쓰리고….

全力投稿

기대 반…
두려움 반…

나… 투구… ㅎ

화와 복

"화와 복은 꼬여 있는 새끼줄과 같다."
　　　- 『어느 날 400억 원의 빚을 진 남자』 中에서

다시 한 번 일어서 보세요.

불가능할지 어떨지는

일어서 보지 않으면 알 수 없습니다.

닮아도

달마도도 모나리자도 아닌…
안 닮아도…
닮아야 할 것들…
닮지 말아야 할 것들….

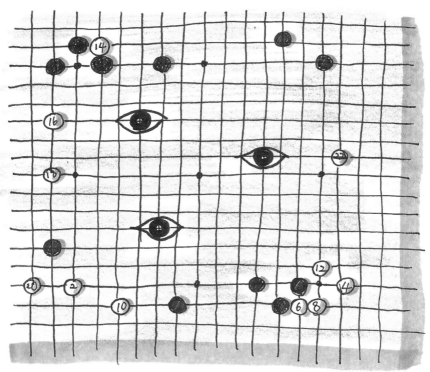

복기

너의 눈으로
나를 돌아보는 일

無監於水
監於人

당면한 문제

어떤 것이 더 문제인가?

무엇이 더 위험한가?

느끼지 못하는… 혹은 회피하고 싶은….